TRAITÉ

DU

VERBE

RENÉ GHIL

TRAITÉ
du
VERBE

avec Avant-dire
de STÉPHANE MALLARMÉ

NOUVELLE ÉDITION
augmentée et avérée

PARIS
ALCAN LÉVY, ÉDITEUR
1887

POUR

CETTE ÉDITION

Lorsque naguère la DIRECTION DES « ÉCRITS POUR L'ART » m'honora du désir roi de réimprimer le TRAITÉ DU VERBE : l'emporta sur mes hésitations devant sa volonté zélée le souhait de longtemps de préciser de notes quelques pages explosives de l'heur immense d'une soudaine découverte et d'avérer par les données concordantes de HELMHOLTZ sur les Harmoniques ma Théorie de l'Instrumentation poétique.

Il me plut aussi de pouvoir à l'amour ou à la haine des esprits développer en son intégrité le plan de l'Œuvre d'une vie : quasi par signes seuls, hélas ! car ne me permet pas de plus amples dévoilements l'étrange propension au plagiat et au mensonge de quelques-uns de mes Contemporains.

C'est pourquoi : soit et demeure épinglée au TRAITÉ adressée heureuse et émue à la DIRECTION DES « ÉCRITS POUR L'ART » : l'expression de ma gratitude.

Mai 1887. R. G.

Tout, au long de ce cahier écrit par M. Ghil, s'ordonne en vertu d'une vue, la vraie : le titre TRAITÉ DU VERBE *et les lois par maint avouées à soi seul, qui fixent une spirituelle* Instrumentation *parlée.*

Le rêveur de qui je tiens le manuscrit fait pour s'évaporer parmi la désuétude de coussins ployés sous l'hôte du château d'Usher ou vêtir une reliure lapidaire aux sceaux de notre des Esseintes permet que d'une page ou moins d'Avant-dire, je marque le point singulier de sa pensée au moment où il entend la publier.

Un désir indéniable à l'époque est de séparer,

comme en vue d'attributions différentes, le double état de la parole, brut ou immédiat ici, là essentiel.

Narrer, enseigner, même décrire, cela va et encore qu'à chacun suffirait peut-être, pour échanger toute pensée humaine, de prendre ou de mettre dans la main d'autrui en silence une pièce de monnaie, l'emploi élémentaire du discours dessert l'universel reportage *dont, la Littérature exceptée, participe tout, entre les genres d'écrits contemporains.*

A quoi bon la merveille de transposer un fait de nature en sa presque disparition vibratoire selon le jeu de la parole cependant, si ce n'est pour qu'en émane, sans la gêne d'un proche ou concret rappel, la notion pure?

Je dis: une fleur! et, hors de l'oubli où ma voix relègue aucun contour, en tant que quelque chose d'autre que les calices sus, musicalement se lève, idée rieuse ou altère, l'absente de tous bouquets.

Au contraire d'une fonction de numéraire facile et représentatif, comme le traite d'abord la foule, le parler qui est, après tout, rêve et chant, re-

trouve chez le poète, par nécessité constitutive d'un art consacré aux fictions, sa virtualité.

Le vers qui de plusieurs vocables refait un mot total, neuf, étranger à la langue et comme incantatoire, achève cet isolement de la parole : niant, d'un trait souverain, le hasard demeuré aux termes malgré l'artifice de leur retrempe alternée en le sens et la sonorité, et vous cause cette surprise de n'avoir ouï jamais tel fragment ordinaire d'élocution, en même temps que la réminiscence de l'objet nommé baigne dans une clairvoyante atmosphère.

L'ensemble de feuillets qui espace autour de pareille visée de délicieuses recherches dans tout l'arcane verbal, a de l'authenticité, non moins qu'il s'ouvre à l'heure bonne.

STÉPHANE MALLARMÉ

A Quelques-uns, hautains et humbles vouloirs que sacre une tristesse quand ils songent à l'Art qui n'agenouille maint fervent, le salut du poète dont ils ne dédaignèrent le livre [1], né, malgré de l'Avant-propos mis à de premières pages l'héroïque déraison par eux généreusement négligée pour aller droit aux Vers, l'amour un peu de ces esprits.

---

[1] Le volume : LÉGENDE D'AMES ET DE SANGS, des vers (livre d'essais).

Quand la Méthode est déterminée et lorsque je respire en l'adéquate possession de mon idée, quelques mots sont à dire de l'œuvre qu'elle réglera : les livres, aux Titres divers, mais logiquement et évidemment liés qui sous le Titre générique — « légendes de Rêve et de Sang » — s'harmonieront.

Au terme par mon signe montré six arriveront : mais qu'à mon caprice cher l'on n'en veuille, alors qu'en pleine ouverture du dessein quant au dernier il met sur mes lèvres son doigt rappelant le respect au silence saint[II].

Avec une naïveté glorieuse, en mes yeux éblouis des gestes de la Vie le désir s'énamoura de les toutes mouvoir, les inextricables gloires rameuses ! en l'horizon de mes lointaines pages.

Savoir éluder et savoir élire sont le propre de vieillir. Or le laps de mois, il me semble que les rivières, des saisons se sont fleuries et désolées, et que des ans sur mes épaules se sont aggravés : depuis l'heure où, ne discernant des deux phrases au latin rude (Propter solum uterum, mulier est id quod est. Totus homo semen est) la sim-

---

II Quant au dernier livre des LÉGENDES DE RÊVE ET DE SANG : et, ces LÉGENDES, ainsi qu'on le verra plus loin, ne sont que la première partie de l'Œuvre d'une vie : que des raisons m'engagèrent alors à ne si vite proclamer.

ple et dernière vérité, aveuglément, moi qui voudrais en la magnétique atmosphère des Etres émanée donner du Vivre l'intime et rythmique symbole et sa raison sereine, je m'engageai aux détails oiseux [III].

Car la seule digne Histoire du sang et du rêve, n'est-ce pas, de l'initial tressaillement du prime plasma qui veut sentir à l'extase de l'Homme génial, de la dualité alvine et idéale qui, dans l'Amativité, s'angoisse de ne pouvoir goûter, égoïste, le victorieux repos d'animal ou de mage, l'exposé divers.

Sous les détails, intérêts tristes par la digression des civilisations nués, au sanglot du désir de Tout seule et puissante vit l'éternelle tendresse, oui, qui épand la vie ou, ardemment stérile, sourd pour le rêve des Ames : et c'est pourquoi de l'essentiel Amativité, sang et rêve, mes « légendes » seront l'agitation intestine, disant vers l'apothéose concluante élu par la sévère déduction un Vainqueur s'ériger [IV].

Sans visage et sans âme, aux énormités du Rien-encore, en la vaporeuse stupeur de la Terre première, d'une palpitation advient le Désir seul d'être et de multiplier : et

III Dans l'Avant-propos à la LÉGENDE D'AMES ET DE SANGS.

IV Pour la divination, demain, et la soumission aux hommes de naturelles religions.

parmi les époques de végétations en rut de vagues et montueux amours accomplissent la loi d'où sort le Mieux. Mais les âges luiront, où, par les portées meilleures, à la noble attitude s'étant levée, du regard vers l'aurore, de l'Homme et son Amante soupçonnant le Baiser s'en ira sur la route sentimentale la prime allée songeusement amoureuse [v].

Qui, aux monstrueux paradis, à leurs genèses assista, du sang et du rêve désormais le moderne regard notera la lutte: et passeront sous le regard l'Homme présent et l'Amie[vi].

Tendre émoi de l'ignare sommeil, onde sur l'onde et vent aux rameaux, s'étonnant de l'antagonisme l'Adolescence écoute en les plumes des cieux monter l'orage[vii] : et le heurt des cris de l'Age mûr appelle[viii] : et du malaise silencieux d'eau morte sur les Ans-de-retour plane[ix] : et sur la Vieillesse qui, se remémorant, s'en va, implore

---

[v] Mais aussi, ce livre I virtuellement s'environnera de la simple et secrète universalité de « **l'ellipse** » pressentie à peine en cet ordre circulaire des Astres : loi qui par la suite philosophique s'expliquera.

[vi] Présence hors de l'heure, du lieu et de ses modes, doit-on comprendre : présence en l'Universel songé.

[vii] Le livre II : LE GESTE INGÉNU (paru).

[viii] Cris de gloire qui vont, hélas! se nouer en sanglot : pour avoir clamé sur un manque éternel voilé de victoire et de durée mensongères.

[ix] Malaise qui se dissipe et ne veut de sa stérilité.

le doute interrogateur d'une méditation qui de moins en moins évague: quand à l'interrogation qui n'est sûre du vainqueur par le retour aux souvenirs une réponse quasi-pleine est donnée, permettant d'ouvrir à la lumière le livre dernier [x].

Si me garde la Vie, et, prenant pitié du Travailleur,

---

x Ce dernier livre des LÉGENDES DE RÊVE ET DE SANG donnera le mot avec lequel l'on va pénétrer en la deuxième partie de l'Œuvre — LA GLOSE.

Par une descriptive rêverie selon l'Instrumentation parlée (l'expression sera prouvée), les LÉGENDES développèrent l'Individu : par la même rêverie descriptive LA GLOSE développera l'Humanité : et en la dernière partie — LA LOI, livre critique saisissant et levant les leçons latentes au cours des volumes préparatoires sous le voile indulgent des musiques, il sera découvert que le Tout repose sur les propriétés géométriques philosophiquement considérées de « l'ellipse. »

D'où, pour un regard :

légendes

DE RÊVE & DE SANG

I. le meilleur devenir.
II. le geste ingénu
III. l'égoïste preuve
IV. le soin de vivre.

vaillant ! voilà l'œuvre qui sera : après ma Poétique, ma Poésie.

V. le geste épars
VI. l'évangile

la

GLOSE

en plusieurs livres

la

LOI

en un livre

UNE MUSIQUE DES VERS

AU FAUNE DE STÉPHANE MALLARMÉ.

Comme d'Autres résigné aux exils que nul ne pleure, « il faut que je me réjouisse au-dessus du Temps. » Mais, las du désert de mon soliloque, pourtant, j'ai voulu sans quitter cette aridité que me sussent être Quelques-uns.

Or, je viens, Faune seul prime en mes souvenirs! distraire le songe de votre après-midi qui du doux palpitement d'ailes s'évente, et du los envolé des pipeaux. Mais importun, non presque : car l'instant perdu, rais de diamant qui s'éteindra, qu'iriez-vous le déplorer sous votre méridienne lumière! puisque n'y doit oser sa triste aventure la nuit, Tueuse des gloires.

Désireux de votre auguste désir, je me plais en la hantise d'un rien immense que laissent vos deux roseaux négligement errer quand ils disent :

> Tâche donc, instrument des fuites, ô maligne
> Syrinx, de refleurir aux lacs où tu m'attends !

Oui, sur les rives de l'étang vous vîtes que, tû alentour, de la voix des puérilités se cherchant nuptiales il résonnait pour l'âme [XI], le Roseau. Mais, en les orients, les soirs et les tremblements d'astres, quand s'extasiait votre regard des ensanglantements et des lueurs neigeuses, ne se souvient-elle d'avoir ouï, votre rêverie, de glorieuses haleines trompeter, qui de Métaux sortiraient, sonores mais sans strider en l'air qui dort et n'éveillant en la seule mémoire qu'une rumeur de mots : Triomphes, Heurs et Saluts ! et de Cordes, aussi surnaturelles des vibrations n'ont-elles progressé, d'ou les mots éveillés : Candeur, Droit et Sérénité.

Votre rêverie s'en doit souvenir : et, n'est-il pas vrai qu'ils seraient d'insigne suggestion, les Vers, où (par une invention dont s'émerveillerait la vue, mais l'ouïe matérielle aussi, et aussi notre vouloir de mots) serait rendue L'IMMATÉRIELLE ET NATURELLE INSTRUMENTATION [XII].

XI L'APRÈS-MIDI D'UN FAUNE : églogue par STÉPHANE MALLARMÉ.

XII C'est mon droit de rappeler que nul avant moi n'avait prononcé ce mot d'Instrumentation en l'appliquant à la Parole et au Poème.

Mais qui clame qu'elle lamente, la présente Poésie, le veuvage qu'implique mon souhait ingénu ?

Toute Instrumentation, lui ! ô notre Aïeul à Tous, poète opime, VICTOR HUGO ! mais sans que puisse, délivré et se vantant de son épiphanie, tel timbre seul sonner hors du remous à jamais continu.

CHARLES BEAUDELAIRE : premier, magique Maître ordonne qu'en les voix propres des Instruments dénommés se distinguent ses vers : et, surtout, l'agonie solitaire s'angoisse des Violons en les notes hautes, et d'un Orgue poignant l'horreur sainte sourd.

PAUL VERLAINE : azur pâle où des moutonnements, en les vesprées, de nuages songés : et, lors, sur des Violes il semble que le vent éparpille des toisons de vierges.

Parfois, des nuits voluptueuses se glorifient de lumières, et tintent les Harpes royales !

O Faune ! et, pour revenir à votre ami du bosquet

STÉPHANE MALLARMÉ : une heure, en la merveille glauque de roseaux et d'eaux liliales quand midi est las. en l'égoïsme des êtres exquis la Flûte rêve hésitante entre les Monts et la Terre. Puis la sérénité même monte de la Musique ultime en des atmosphères candides, louangeant, d'Instruments chimériques tant ils ne sont rien évoquée, quelque prêtre d'un Culte disparu ou futur.

Non, qu'elle ne se lamente, l'heureuse Poésie: et que soit à mon vœu donné le pardon des Trois divinateurs, mais du dernier.

Alors, pour garder ma vénération, à l'horizon qui qui pour moi s'est ouvert mon adieu doit-il s'éplorer ; et n'ira-il vers la patrie, mon désir orphelin ?

Que non ! il me revient que les Trois ont, des instants prophétiques, vers on ne sait quel grand Pays marqué l'espoir on ignore de quels pas : et je gravis désormais, celui qui plus longtemps ne doute de l'assentiment, la voie droite et solitaire, disant: qu'elle multipliera ses Instruments, l'Instrumentation, et que des voix de plus en plus diverses et voulues hors du balbutiement primordial émergeront, maîtresses esseulées [xiii].

Trop souvent nous phrasâmes seulement, sous nos lon-

---

xiii Hélas ! des surprises ne m'enseignèrent-elles pas qu'il est nécessaire de dire que non : l'on ne veut une « poésie imitative » ! puérilité.

Mais, ô Toi, solitaire, qui une heure dans un passé auras ouï la gueurs se voila notre stérilité qui ruse. Assez patients, austères et studieux regardeurs, nous n'avons pas hanté la NATURE RYTHMIQUE: et vers l'Autre, sa sœur au geste parvenue, elle ne nous mena pas : vers la Vie toute ! qui dans son ventre tient le Dieu.

Autrement, les poètes, nous aurions vu à des heures plus hâtives, (et nous pensâmes, en parlant, rivaliser !) qu'est sonnée par le Tout une immatérielle et naturelle Instrumentation exaltant, trésor de ton sein, ô Poésie ! les Idées.

---

grande fête des Instruments réels ! en la multiplicité de mes Timbres vocaux issus de ces mêmes choix d'harmoniques dont ils naissaient, ils vont revivre, les Instruments : et ! absous de leur matérialité et sonnant en silence dans l'intellect, idéaux et conscients d'eux-mêmes.

L'UNITÉ

A Paul Verlaine

Au sortir de son sommeil effleuré de sourire et de palmes s'aérant, sur le perron merveilleux, d'un timide soleil paradisé et de rosée remuante en l'aurore légère d'un mirage d'eau qui ment, toute ingénue la Belle s'en viendra.

Par le parc halènant dont s'augmente la nuit sylvestre de la ramure grise des matinales vapeurs, ouvrant la lueur puérile d'une clairière elle ira.

Ce spontané parterre qui vers la pure solitude pousse, ses pas le gagneront ; et là, dans un agenouillement de vierge lointaine, d'un doux geste envolé remémorant l'aile de colombes elle prendra sans hâte une rose et un lis, puis reviendra.

Mais, mutine, la présente aube, et nerveuse vraiment du pêle-mêle des pétales trop ombrageant son poing mignard, elle laissera au martyre de la rose se venger ses mièvres doigts : et par le parc s'ébruitant neigera en pleurant les amants des vesprées anuitées, d'une lente effeuillaison d'appas qui meurent, le retardé vol mauve.

Quoique, si glorieux et UN, vraiment, montera vers l'imminent soleil, aux adorations ouvrant son orgueil qui s'ignore, le grand lis implacable : qu'en le cœur de la Belle la mémoire d'un culte s'éveille et qu'elle l'emporte, insacrifiable, en le lieu mystérieux où son esprit s'enrêve.....

Tournant de tel poète les pages trop peu liées, où dans une vaunéante inharmonie se heurtent amour, religion, philosophie, et menus propos, hélas ! qui n'a d'énervement raidi ses longs doigts d'artiste ? Ce ne sont là que hasards, en quelque sorte, de variations atmosphériques : si évident est-il, qu'il rêva l'espérant poème pour l'aurore seulement qui le surprit d'un soleil triomphal, et l'autre, noir, pour le soir hivernal, quand le spleen somnolait dans la pluie lente.

Ce livre, de vanité, nous l'amassâmes Tous et n'en sourions. Il est l'inévitable veille, et de grand prix, d'un studieux apprentissage pour qui veut devenir l'Ouvrier que hante l'espoir du chef-d'œuvre : mais il ne doit s'imprimer. Beau de sa naïveté, prétentieuse un peu, mais sacrée par l'écriture juvénile et la vieille encre jaunie, que le poète garde le tant aimé Manuscrit : vieilles lettres des amours qui n'étaient pas l'Amour.

Un soir harmonieux de RYTHMES ET DE PENSÉES, sur la Terre promise la premère œuvre d'une joie pure tonne.

Ce sera peut-être la liliale immortalisation de sa viride Tendresse qu'il tentera, le Poète, montante vers le souhait des édens et de la simple et pérennelle possession des âmes : et le livre dira des Miroirs en lesquels il alla chérir son rêve l'onde fidèle ou décevante.

Ou (toute issue qu'il veut impitoyable laissant du Divin la personnalité sous le vers infrangible sourdre), dur investigateur de la Vie, peut-être il sauvera dans la sûreté des symboles la genèse et l'ouvraison des pubertés : en eux, saisi dans ses métamorphoses les plus douteuses il fera le naturel Désir soupirer, qui dans le pollen et l'ovaire tressaille : du prime trouble au mûr épanouissement de l'attente, poème, saint et tragique autant qu'apprêts de Sacrifice, de l'homme vierge et de la femme non blessée.

Mais heureux ! si quelque idée si ample et si haute de la veille a surgi, que de toutes les œuvres de notre Œuvre elle sera l'immuable Dame ! Si elle doit prospérer de manière que : parallèle à un esprit mûri à l'expérience des multiples soleils grandisse des œuvres sœurs la sapience, et que viennent à l'égal des suprêmes s'épanouir un rêve et une philosophie : plus heureux le Chanteur s'il n'est, hélas ! indigne de ce destin roi lui ordonnant, un soir d'intense pensée, de graver « Sagesse » aux voûtes de son palais [XIV].

Tranquille il pourra s'éteindre....

Vers les avenirs ouvrira le lis impeccable et un la suggestive rêverie de sa gloire dorée d'un arôme : et quand, ravageuse peut-être des silves aux mille pétales de rose, par les poésies passera la trop maligne Postérité, devant

---

XIV SAGESSE par PAUL VERLAINE.

le lis, en vérité, la Belle aux doigts cruels ne saura comment la ruine entreprendre, et par une religion séduite elle l'emportera, insacrifiable, pour son rêve habituel.

LE SYMBOLE

A JORIS-KARL HUYSMANS

Dangereuse vraiment est ma demande qu'en les vers désormais soit l'inquiétude, non de la nature plus intime mais de la Vie même et de son geste, si m'entend quelque distrait esprit.

Nue et simple photographie, pourrait-il dire : et moi, son écho : inintelligente aussi.

Donc, que luise au plein soleil d'une glose le mot de l'énigme, et que du SYMBOLE éclat de songes de toute l'éternité soit pressentie la nature divine.

Une suite de visions, la vie.

Or (le prôneur, où s'égarait-il ?), prises une à une,

les visions, de quelle misère le plus souvent! et qu'elles ne sont dignes du poète qui de son poème veut que sorte la suggestion.

Qui le nie? pas moi si l'on veut relire, mal vus sans doute, quelques mots graves.

« Patient, austère et studieux », et non pas « regardeur » seulement, sera le poète : d'où méditant.

Non magistrale et une est donnée par la Vie la leçon, mais en ses mille éléments égarée. Assez quand même s'explique mon amour d'elle si à nous de grouper, simplement, pour que soit, en la lumière de son immortalité, l'Idée latente dans le peut-être des éléments à logiquement marier.

Qu'un exemple nous guide : et (gardons-nous de séparer les sœurs !) puisque à la Vie mène la Nature et qu'elles peuvent s'assimiler, ainsi qu'il sera déduit, hors du Théâtre verdissant il me plaît de l'élire.

Agitons que pour le repos vespéral de l'Amante le Poète voudrait le Site digne qui vaporeusement exhalât le mot : aimer.

Or, en quête, sous les ramures il s'est lassé et la nuit est venue sur la vanité de son espoir présomptueux : parmi l'air le plus pur de désastre en le plus plaisant lieu une voix disparate, un pin sévèrement noir ou quelque rouvre de trop d'ans, s'opposait à l'intégral salut d'amour, et la velléité dès lors inerte demeurait, et muette sans même la conscience mélancolique de son mutisme.

Voudras-tu, poète, te résigner ?

Non, et les lieux inutiles reverront sa visite [xv] : les pierres nuées qui lui plurent il les ordonnera négligemment en un parterre de mousses dont il garde le puéril souvenir : par son unique vouloir esseulées, hors de mille s'étrangeront là quelques ramures vertes virginalement sur de droits rêves, et perplexes quand sous elles il laissera qui prévalaient d'oiseaux tels rameaux morts gésir et devinée mieux que vue aux dentelles des verdures amènera large et molle une rivière où des lis gigantesques : un Torse nu de vierge en l'eau s'ornera d'une toison mêlée à l'heure d'un soleil saignant son or mourant.

Alors, pourra venir Celle-là : et l'Amante au seuil très noblement s'alanguira : comprenant, sa rougeur

xv Certes, en souvenir : et la composition spécieuse du poème se serrant selon qu'au spécial cerveau du poète au don nouveau s'harmonieront les silencieuses sonorités des couleurs ressouvenues.

d'ange exquisement éparse parmi le doux soir, l'Hymne immortel mêlé d'oubli et d'appréhension qui de son murmure visible emplira le Site créé.

Maintenant, l'on veut lire, impatient, des Vers, vite ! où s'épanouisse la merveille : de qui ?

Evoquant par sa hautaine sérénité l'hiératique silence du mot même SYMBOLE, le nom s'impose de STÉPHANE MALLARMÉ : mais allons à la prose, vraiment ; et, hors des végétations honteuses une à une distinguées et soudain massées en l'humidité malsaine d'un soir qui ne pénètre les vitres : quelle suggestion énorme rend DES ESSEINTES hagard, et quelle vie elle prend vite grandie aux rêves d'extase pâle, la personnelle Vérole ! [xvi]

L'heure n'est étrange désormais de resserrer d'un nœud solide les preuves sans ire émises, violettes faveurs de mon songe.

L'Idée, qui seule importe, en la Vie est éparse.

Aux ordinaires et mille visions (pour elles-mêmes à négliger) où l'Immortelle se dissémine, le logique et mé-

---

[xvi] A REBOURS par JORIS-KARL HUYSMANS.

ditant poète les lignes saintes ravisse, desquelles il composera la vision seule digne : le réel et suggestif SYMBOLE d'où, palpitante pour le rêve, en son intégrité nue se lèvera l'Idée prime et dernière, ou Vérité.

WAGNÉRISME

A STUART MERRILL

Quand, sentant l'heure qui ne revient prématurément poindre, mon esprit non sorti de l'évolution, sous le Titre générique de l'œuvre qu'un pressentiment éveillait — « légende d'Ames et de Sangs » — désormais — « légendes de Rêve et de Sang » [xvii] — ouvrit en un livre d'essais les vagues et linéaires et éparses rêveries optatives de mon présent vouloir : en toute amitié ravie tu me saluas, Très-ami ! mais gratuitement humiliant aussi d'une sorte d'étrange respect ton droit regard de Poète seigneur.

[xvii] Avec la suite, se souvient-on : LA GLOSE et LA LOI.

Toute se montrait là ta native et latente simplesse ; et, la vie, m'en éplorera le glorieux souvenir.

Ce livre, ton art de lire large et loyal le prit, selon ma prière, pour l'angélique message que vraiment je le fis : un simple dire de venue : venue qui ne devait éclater, peut-être, inutile pour un avenir lors entrevu, et qu'aujourd'hui, maître de mes jeunes ténèbres, je dis et prouve voir.

Ta poétique divination, hors de la phrase aux livides lueurs et, pour secouer la vaine nuit, d'orages s'emplissant, vit la Musique logique et claire qui dans mes « légendes » sera XVII. Légitime reine des sons, et de toute la vie et de tout le désistement s'amplifiant, que de mon être consciencieux elle exigera : car, ainsi qu'un prêtre vers les vertus levant ses mains, je l'ai promis à notre dieu, l'Art inému.

Pour toi s'animait vague le noir du ciel qui devant mon geste tremblerait de lumière ; et la présente et explicite Méthode qu'a de ma suprême méditation tirée un douloureux vouloir, tu la lus aux vers rudes : dans la rumeur d'une verbale INSTRUMENTATION montait naturellement la pensée de l'UNITÉ et du SYMBOLE.

C'est alors, d'une parole non mesurée, Ami (mais tu te souvenais qu'à l'instar du géant respire le nain trop heureux), que ta plume louangea : et, à l'instant de répit prolongeant au rêve les lignes dernières de ton commentaire, le grand nom de WAGNER par toi dit ne voulut délaisser ma stupeur !

Or, avertis, enquérons-nous.

Pour une œuvre une et que ne sent d'immortelle beauté l'omnivoyant Génie qu'autant qu'elle symbolise, unir et ordonner magistralement soumises et épurées toutes les artistiques expressions : c'est de WAGNER sonnée par les victoires l'atlantique entreprise.

Pour une œuvre une et de symboles grosse, en une Poésie instrumentale, où sont des mots les notes, unir et perdre les poésies éloquente, plastique, picturale et musicale toutes encore au hasard : c'est mon rêve.

Oh ! du rève nul plus que moi, vénérateur des Talents, ne sent la gracilité de soupir parmi son impérative haleine, à lui, emplie du Tout : mais un vertige ne t'égara, et de la juste joie du Trouveur si mes yeux s'aurorent, la sainte humilité ne s'indigne pas : car, passé par l'entendement littéraire, Cela est wagnérien.

Avant longtemps tes primes poèmes [XVIII], dignes aussi

XVIII Le volume est paru : LES GAMMES. Qui spécieusement redonde des sonorités voulues et rationnelles : promesses au regard si ouvertes sur l'avenir glorieux qui va d'elles s'épanouir que l'espoir des environs n'a de déceptions à craindre.

de la malédiction, viendront dire que mon vœu n'est pas, en quête d'originalité vaine, la pensée d'un novateur quand même ; et que s'il est seul (à l'heure qui ne l'entend) le songeur ! l'espoir peut-être doit amollir son dur dédain, de mains qui vers lui se tendront.

Aussi mes pages appelaient ton nom, volontaire altier et doux, toi qui, n'ignorant la lutte, la veux et, parlant du poète idéal dont je suis envieux, disais à notre Poésie, Astarté nue et vierge :

Pour avoir contemplé tes saintes nudités
Il sera le Maudit ! et, dément splénétique
Tendant ses yeux hagards vers les immensités,
Il poursuivra sans fin son rêve lunatique.

Ainsi que des Dévoués nous le poursuivrons, Ami.

Car, hélas ! il a raison l'ironique sourire qui maintenant accueille les tristes vers : et qui sait si dans le crépuscule irrémédiable ne vaguera demain de la Poésie morte le spectre, ne venant le baiser de WAGNER par notre lèvre la sauver d'agonie [XIX].

XIX WAGNER ! non que mon espoir (qui espère en l'immortelle et meilleure évolution) par lui se dise au sommet. Mais puisque nul n'est en son Art plus grand que lui : il est le dieu présent.

L'INSTRUMENTATION POÉTIQUE

A Francis Poictevin

Plus longtemps séjourner en l'espoir ne serait séant, quand se peut l'éveil de quelqu'un inquiéter de cette musique des Vers rêvée, l'Instrumentation, où se dissimule mon aimé secret : que l'œuvre, seul révélateur sans hésitation, dévoilera peut-être, pour laquelle en tout amour de l'Art je me clos à toute inanité séduisante.

Or sans plus d'égoïste rêverie que se montre à l'Inquiet, aussi nue que se pourra, mon intime pensée.

Indéniable maintenant, voire de la science autopsié,

peint ces gammes le fait de l'Audition colorée, miraculeuse montée vers les heures lointaines qu'avec humilité nous souhaitons, où tous les Arts inconsciemment impies reviendront se perdre en la totale Communion : la Musique épouvantante qui intronise la Divinité seule, Poésie.

A moi non, de m'enquérir de la cause : une phase, sans doute, d'une évolution progressive de nos sens élevés.

C'est assez que me soient des esprits pour qui la Musique n'est que somptuosité de tableaux, les sons hauts ou graves n'étant que couleurs triomphales, innocentes ou s'imprégnant de mélancolie : et, entendant avec amour ce poète, WAGNER, Tel voit dans « Tristan et Iseult » des orgueils de forêts verdir, et de sève s'épandre, et d'orages se lamenter en la victorieuse ventée des accords : et Tel autre, dans « Lohengrin », au son ingénu de douces Trompettes sœurs disant sur des tours l'aube évaporée, contemple sur la pleine rase et vert tendre un matin rose et d'or fumant vers le jour deviné d'un encens pur de Fêtes.

Toi qui t'inquiétas, veuille retenir : des sons te sont vus.

OR, SI LE SON PEUT ÊTRE TRADUIT EN COULEUR, LA COU-

LEUR PEUT SE TRADUIRE EN SON, ET AUSSITÔT EN TIMBRE D'INSTRUMENT.

Toute la Trouvaille est là gisant.

Idéalement en la solitude de mon songe a surgi le Poète par moi voulu, doué du don nouveau (il existe autre que l'ordinaire don du poète phraseur) que pour ma réelle personne j'appelle.

Ce Poète musical, musicien nullement, de l'unique idée hantant ses vouloirs n'aura la peur : comparant sans s'évader de sa manie voir et entendre, et sans désespoir, après que, les heures, il aura ouï l'âme suggestive du Très-grand, WAGNER ! Les spectacles pour lui seront, dont les strophes sont à distinguer, une éternelle rumeur silencieuse : et l'aurore viendra où sans la prime sueur un paysage, ô gloire ! sous le ciel harmonieux se jouera, dans d'invisibles Cuivres et Bois, sur d'invisibles Cordes !

Alors que dans les Cuivres, les Bois, les Cordes qui le ravissent, par l'étroit et subtil rapprochement des COULEURS, des TIMBRES et des VOYELLES il épiera la Parole humaine la moins pauvrement concordante, aux mots sonnant en notes. xx

---

xx L'expression est là mauvaise, car : il épiera la Parole humaine la moins pauvrement concordante, aux mots sonnant des mêmes harmoniques le plus possible ! que les Instruments correspondants.

Mais de l'Idéal de trop d'envie me faisant souffrir, au réel et humble Tentateur que me voici je reviens : et c'est, si vous n'êtes point las, pour narrer le résultat de ma sévère investigation parmi l'Orchestre et le Pays, osant ne me pas angoisser d'expériences à venir.[xxi]

Dans la nuit d'un Passé s'abolissant mais qui est à vénérer, pour l'aube malaisée d'un Futur entendez poindre les Timbres.

Constatant les souverainetés les Harpes sont blanches ; et bleus sont les Violons pour surmener notre passion ; en la plénitude des ovations les Cuivres sont rouges ; les Flûtes, jaunes, qui modulent l'in-

---

xxi Ce qui va suivre dès les mots : De la nuit d'un Passé...

C'est, vite surgi en appel à ceux qui ne vinrent pas, le cri de l'explorateur ingénu pour qui des voiles crépusculaires s'ouvrirent soudain sur des ruissellements innommés. Aussi (droitement et plus clairement que ne le crierait mon ennemi ma sérénité le déclare), complice candide de mes regards épars en pareille lumière, ma voix d'hier parmi les vérités promulgua une erreur. Quant à l'A.

Mais, plus loin (à la note xxvii), d'après généralement les merveilleuses expériences et déductions de Helmholtz, se lèvera suprême, précise et avérée ma primitive version.

génu s'étonnant de la lueur des lèvres ; et, sourdeur de la Terre et des Chairs, synthèse simplement des seuls Instruments simples les Orgues toutes noires plangorent.[xxii]

Que surgissent, maintenant ! les couleurs des VOYELLES sonnant le mystère primordial : et, sans plus loin aller je saluerai de stricte allure, le « sonnet » du poète maudit ARTHUR RIMBAUD, formulant la théorie du Maître qui des nuances se réjouit, PAUL VERLAINE.

Or il ne vit que l'on pouvait plus hardiment pénétrer en

---

xxii En ce passage sont signalées les couleurs des Instruments et, simultanément, leur rapport au monde premier et le plus apparent des sensations et des idées.

Il me paraît curieux et plus, (et, plus loin, nous nous en souviendrons) de donner l'expression rapide des rapports à ce même monde des VOYELLES et de quelques CONSONNES : émis par le P. MERSENNE (1588-1648).

Selon lui : « A et O sont propres pour ce qui est grand et plein.....

E pour les choses déliées et subtiles, et le deuil et la douleur.....

I pour les choses très minces et très petites. Il exprime aussi ce qui est pénétrant.

O sert pour exprimer les grandes passions.....

U pour les choses obscures et cachées.

Les choses âpres sont indiquées par S et X.

Les choses rudes, dures, les actions véhémentes et impétueuses, par R.

Les choses noires, cachées, par N. M marque ce qui est grand.... »

Aussi : BOISTE (1765-1824) remarque que « l'E est la lettre la plus mobile, la plus changeante, celle dont le son a le plus de nuances... »

l'arcane,[xxiii] et les VOYELLES qui devenaient COULEURS, les lever à l'ultime progrès d'INSTRUMENTS résonnants, logiquement domptés. Lui, PAUL VERLAINE, ainsi qu'un vague rêve que l'on voudrait à l'oubli disputer, l'a de plus en plus deviné, sans pourtant ordonner que la lueur arrive. Mais vite disons qu'elle marche légèrement triomphale le doux Trouvère s'est sonnée, tout dissonnances douces et sourires puérilement amoureux et murmures, vers les demains.

Car l'art de peindre, si impressioniste soit-il : ce n'est plus déjà le jaloux secret des Vers adorés ! j'en atteste, née de la prose, toute cette palette des « Songes » diaprée.[xxiv]

Et d'ARTHUR RIMBAUD la vision doit être revue : ne l'exigerait que l'erreur sans pitié d'avoir sous la VOYELLE si évidemment simple, l'U, mis une couleur composée, le vert.

---

xxiii Même n'avons-nous ouï dire par des amis de ce poète, disparu, que ce « sonnet » qui indiquerait une approche, au moins, n'est qu'une évagation dans la drôlerie. Si la nouvelle est vraie, l'on me permet de la déplorer : cependant que, si illogique et ruiné soit-il désormais, cet essai (inconscient, alors) demeure.

xxiv SONGES par FRANCIS POICTEVIN.

Colorées ainsi se prouvent à mon regard exempt d'antérieur aveuglement les cinq :

A, noir ; E, blanc ; I, bleu ; O, rouge ; U, jaune ;[xxv]

dans la très calme royauté de cinq durables lieux s'épanouissant monde aux soleils : mais l'A étrange en qui s'étouffe des quatre autres la propre gloire, pour ce qu'étant le désert il implique toutes les présences.

D'où, à l'esprit qui me suivit (introublé désormais si des INSTRUMENTS pères lui sont présentes les COULEURS, plus haut régnantes) selon la logique apparaît la conclusion voulue, disant :

A, les orgues ; E, les harpes ; I, les violons ; O, les cuivres ; U, les flûtes[xxv] ;

et : c'est en allant quérir selon l'ordre de ma vision chantante les mots où le plus souvent se nombre la VOYELLE maîtresse demandée, que l'immatérielle obéissance vibrera de l'INSTRUMENT au timbre qui sied.

Cependant la seule origine est là, de même que les VOYELLES sont de la langue la genèse ; et l'on veut au

---

xxv Ou, selon l'ordre senti alors et illogique par l'A : A, O, U, E, I.

plus profond comme au plus haut se perdre dans l'épars souffle aussi des accords dilués : et la moins grande ingénuité des DIPHTONGUES et des VOYELLES COMPOSÉES est appelée assurant :

que IÉ, IE et IEU seront pour les Violons angoissés ; OU, IOU, UI et OUI pour les Flûtes aprilines ; AÉ, OÉ et IN pour les Harpes rassérénant les cieux ; OI, IO et ON pour les Cuivres glorieux ; IA, ÉA, OA, UA, OUA, AN et OUAN pour les Orgues hiératiques.

Mais plus, autour de ces sons, se grouperont : pour les Harpes, les T et D stériles, et l'aspirée H, et les G durs et mats ; pour les Violons, les S et les Z loin aiguisés, et les LL mouillées et dolentes et les V priants ; pour les Cuivres, les âpres R ; pour les Flûtes, les graciles L simples, et les enfantins J, et l'F soupirante ; pour les Orgues, les M et N prolongeant un mouvement muable lourdement : plus s'entendra par le matin poétique l'aubade de mon désir !

Quoique, au risque de ma joie tuée, une voix m'interrompe : amie vraiment et qui tantôt sans doute, si je m'affaisse en deuil, se trempera de larmes, puisque de mon intime vouloir elle se souvient :

Que le poète, dit-elle, soit un regardeur de la vie ! il n'aura pas que paysages à noter, mais des attitudes la révélation, les gestes éternels, et le remuement vague de l'âme, arôme des sensations.

Aussi notera-t-il la vie. Car attitudes, gestes, sensations et pensées peuvent au RYTHME se réduire. Lui, ce RYTHME, ressort de la diffusion diaprée des timbres, en tant que ce que d'un vol puissant peut comme étreindre la main humaine, mélodieux ensemble de motifs, dans le flottant tissu musical !

Tout RYTHME confine dès lors à d'éparses couleurs sonores qu'il synthétise, et tout spectacle de corps vivants n'est qu'un décor ouï.

Hélas, que se meuvent au loin de clairs-obscurs ! mais, ainsi que le présumait un prudent regard, à l'œuvre seule d'irradier aux angles, soleil inéluctable.

Car l'on sent qu'au seul vouloir du Prédestiné, concorderont pour le Drame lyrique toutes les inattendues vibrations des Timbres inénarrables. En quelque phrase un Violon seulement ne sera pas ouï, mais grandissent les Violons et les Violes ; et par le subtil mariage des nobles VOYELLES, en la phrase alterneront vraiment, se mêleront aussi sans se léser les frais soupirs encore des

Bois, et le vent de magnificence des Cuivres, et le serein tintement des Cordes sous les doigts seigneurs.

Sans paradoxe (le voit assez une conscience) pour l'Initié digne d'envie un Poème, ainsi, devient un vrai morceau de musique, suggestive infiniment et « s'instrumentant » seule : musique de mots évocateurs d'Images-colorées, sans qu'en souffrent en rien, que l'on s'en souvienne ! les Idées.

Invincibilité devant le péché, d'ailleurs, si le Poème est de trame excellente ; puisque notre musique, toute vision par ses couleurs qui chantent elle-même la compose pour l'immanquable délivrance éternelle de l'Idée, qui se désole dans les limbes des sonores Possibilités.[xxvi]

---

xxvi Voudrait-on me huer : prolixe ! si un peu se dévoilait comment, généralement, en l'esprit et sur les pages du poète demandé par le TRAITÉ, s'engendre et vient quelque poème.

Ce matin clair, c'est la mise en œuvre de Tel moment (longuement médité dans le manque de lumière d'hier soir) parmi l'Œuvre une et ordonnée que le poète voulut.

Toutes les idées sont là, et là devant lui, dans l'horizon vaste et amorphe, la masse nuée des Mots-instruments : et le Compositeur compose, car ce poète est un musicien de mots.

Cet Instrument ou ce mariage caractéristique d'Instruments désignera le Thème ou grand leit-motiv de la pensée du poème. Ceux-ci, à leur plan, de RYTHMES divers et strictement mesurés, sonneront les leit-motiv secondaires.

Allant en les larges lois données qui s'élargiront aussi longtemps que seront normales ses vues, le poète va : et naissent,

Un mot suprême m'est à dire.

Tel rêve mis au jour est latent en cet ébat de **Flûtes**

---

enveloppant de leur caprice sans hazards les idées principales, les rêveries suggestives à propos : toute une gloire mouvementée, épiée et rendue, colorée et sonore et parlée rigoureusement par les Mots-Instruments se nouant et se mêlant : dans une multiplicité d'ondes qu'on n'énumère si l'on songe que selon les inattaquables découvertes de HELMHOLTZ, chaque Instrument et chaque Voix, distingués par des harmoniques propres, suivent de plus un RYTHME particulier et que pour chacun la même note a des phases d'intensité variable.

Il a songé, ce Poète nouveau : que l'Art évolue, qu'un moment ne vient pas où l'on se sépare violemment du passé et que du passé sort le présent, que l'on doit dire des Maîtres d'hier : ils sont les Pères. Or, lisez qu'il garde, pour en avoir saisi la merveilleuse mathémathique harmonique ou inharmonique, le vieux vers alexandrin dompté et déroulé de manière qu'en lui et qu'en la strophe, sans la puérilité de Vers de lignes plus ou moins longues, point de vue d'imprimeur! l'on sent la mer entière des durées euphoniques.

Comme pour le Vers dont il multiplie les hauteurs, les longueurs et les formes d'ondes, pour la strophe de même gardée il s'arroge le droit, respectueusement : d'interligner plus ou moins selon le plan des idées les vers, et de rompre, les éloignant, les rapprochant, l'ordre des rimes, et, pour des souvenirs rapides, quasi perdus ou immortels, de ne commencer par l'ordinaire capitale la ligne : et, ainsi qu'un livre ne se peut esseuler de l'Œuvre, un poème du livre, nulle strophe ne se peut citer hors du poème, nul vers hors de la strophe.

Mais, à mesure qu'on avancera dans l'audition de ce poème, la stupeur charmée (si l'on sait se le lire) verra s'épouser et se sourire idées, mouvements, couleurs, arômes et sons : et, prends-le de tes heureuses mains, ô Toi qui sus lire et ouïr ! l'immortel et clair bouquet de la vie comprise et par ce créée.

volatil et songeur sonnant discret on ne sait quel avenir :

L'APRÈS-MIDI D'UN FAUNE

Eglogue par Stéphane Mallarmé.

J'ai, moi, vu le possible, multiplié et formulé : et je salue, dans l'attitude sincèrement humble du disciple qui dit : qu'il n'eût souhaité son souhait sans la préexistence du Maître.

L'opportunité de renier de trop puériles idées et d'é non cer intégrales ma pensée et ma volonté d'homme m somma de parler. Aussi, quelque soin de prendre dat pour le prime salut, là-haut donné, à quelques viable vérités.[xxvii]

Maintenant, ce étant dit que l'on devait ouir, muett

[xxvii] Alors qu'averti par moi d'une erreur hier, l'on a lu l primitive et intuitive version de ma Théorie de l'Instrumentatio parlée, il s'agit de ne laisser l'erreur, de l'expliquer et de la prouve seule : et pour ce, résumer en quelques lignes les géniales décou vertes de HELMHOLTZ, c'est assez.

Tout instrument de musique a ses harmoniques propres : d'o son timbre, et les VOYELLES se doivent désormais assimiler au INSTRUMENTS : l'instrument de la voix humaine est une anche note variable complétée d'un résonnateur à résonnance variable.

et sourde à l'entourage mondain ma simplesse rentre

Or, les VOYELLES sont données :

OU par le SON FONDAMENTAL très marqué et l'harmonique : TROIS, assez marqué.
O Id et les harmoniques : DEUX, très marqué. — TROIS et QUATRE, peu.
A Id. Id. : DEUX, peu marqué — TROIS, marqué — QUATRE, peu.
E Id. peu marqué et les harmoniques : DEUX, peu marqué — TROIS, très peu — QUATRE, tr marqué — CINQ, peu.
I les harmoniques élevés : dont le CINQUIÈME très marqué.

Pour EU, U, È, É, I, le résonnateur que sont le palais, les lèvres, les dents, etc., a deux vibrations propres : et l'une est extrêmement aiguë à U, È, É et I.

Avérées aussi par le remarquable ouvrage de G. H. DE MEYER (LES ORGANES DE LA PAROLE), pareilles données me rendaient aisé désormais un sûr relevé des principaux Timbres vocaux : et, par ordre croissant d'harmoniques, les voici :

OU | O | A | EU | U
E, È, É | I
M, N, GN (e)

Mais, du rappel de mes diphthongues, élargissons :

OU, IOU, OUI | O, IO, OI | A | EU, IEU, EUI | U, IU, UI
E, È, É | I, IE, IÈ, IÉ
M, N, GN (e)

pour n'en plus sortir en son Travail et son silence : cet

Mais, du rappel de mes consonnes (spirantes, stridulentes, vibrantes et explosives), qui à mes Timbres selon des vues dénoncées tout à l'heure se marient, élargissons :

F, J, L, S	P, R, S	R, S	L, R, S, Z
OU, IOU, OUI	O, IO, OI	A	EU, IEU, EUI

F, L, R, S, Z	D, G, H, L, P, Q, R, T, X	LL, R, S, V, Z
U, IU, UI	E, È, É	I, IE, IÈ, IÉ
	M, N, GN (e)	

Or, par ordre croissant d'harmoniques (et ne savons-nous pas que du mode spécial de production du son proviennent, spirantes, susurrantes, vibrantes, explosives, mar'elantes et stridentes, des rumeurs), voici les Instruments principaux et les consonnes propres à représenter ces rumeurs qui par elles-mêmes sont incolores :

F, J, L, S	P, R, S	R, S	L, R, S, Z
les Flûtes longues, primitives	la série grave des Sax	les autres Sax	les Cors, Bassons, Hautbois

F, L, R, S, Z	D, G, H, L, P, Q, R, T, X	LL, R, S, V, Z
les Trompettes, Clarinettes, Fifre et petites Flûtes	les Violons par les pizzicati, Guitares, Harpe	les Contrebasse, Violoncelle, Alto, Violon

Que si, désormais, l'on se rappelle les curieuses et évidentes remarques du P. Mersenne (à la note XXII), résumer m'est permis : et, par une triomphale unité l'on me voit avéré, car si, selon ma version primitive revue pour l'A, les couleurs sont rapprochées aussi (ce dernier rapprochement, il est vrai, précédant de notoires et suprêmes expériences, mais!), c'est dans l'essentielle lumière de sa gloire et plus intense selon la hauteur de l'onde harmonique, le spectre solaire qui se déroule. Interrompu seulement, ce spectre, par, entre le jaune et le bleu, l'apparition d'un blanc

Imprimé

AUX dépens de la
DIRECTION
DES « ÉCRITS POUR L'ART »

en la personne de : GASTON DUBEDAT

au mois de mai
1887

DES PRESSES D'ALCAN LÉVY, A PARIS

www.ingramcontent.com/pod-product-compliance
Ingram Content Group UK Ltd.
Pitfield, Milton Keynes, MK11 3LW, UK
UKHW021017180726
13838UKWH00004B/1561

9 782329 431741